其処《そこ》

日和聡子

思潮社

其処

そこ

日和聡子

思潮社

目次

装幀　清岡秀哉

其処

叢雲

橋を渡って
父へ
弁当を届けに行く
昼前の工場
受付に　渡しておく

帰りに
住宅の
白い犬と　遊ぶ

瑞雲　工場
雨上がりの　庭
煙突から　陽炎

サイレンが　鳴る
ダムから水が出る
のだと

雲が　湧く
山に　川に
むらくも
という名の　犬

橋を走り
戻る

草の実をちぎり
笛　鳴らす

土偶

貝塚に捨てられた
　　私のハンカチ

薄黄色の
拾いに行くため
列車に乗った

改札を出る手前で

ボタンがぼろぼろ落ちる
まだ　誰も通っていないのに

銀色に光る

竹藪で寝ている虎は
目をあけている

プールで泳ぐ波のあとが凍る
皿の上に　どんぐり

三つ。

ステーション土偶

別情

ぬいぐるみの首に
紫色のリボン
タンスの上

めくるめくるカルタ
雪がうさぎ

しずかな山の裏側　すじ道

わけて　植林した　雑木林
ふわふわ　（フワ）　羅浮仙
ピンクの髪留め　土

忘れたての　箸
鞄のなかの　飯

「最後には始末をつける」
お土産をたくさんくれた
かぼちゃ色の毛糸の帽子

すずしかったでしょう
「寒い」
水平線を探していただろう

「ひょうたんぞろぞろ」

お手紙をください

《事ム所の窓ガラスには
潮風が吹きつけて（たたきつけて）います
いつ割れるか　いま　割れるのでは
ないかと
気が気じゃない　なか
氷ム呂丘ノ　は
そろばんを　はじいていた（いました）
そして
雑巾になった
（ぼろぼろになって）

新しい雑巾に
なった》

宿から手紙を送るんです
「室料はお支払いしました。」

そろそろ　見つかりましたか？

「まだなのン」　「でぇす」
歌手が　歌っていた
木の方を　向いて

ラジカセが　ラジカセが　なって
アルカリ電池と　写真が出てきたら　ください

建てられた小屋の梁に　玉ねぎ
吊るして
首飾り

あなたは大事なことを言わない

窓のそとに
ときどき遊びにくる　顔
白い傘をさし
地図のようなしみのある布切れをさしだして
ほほえむ

「何もないところだなどとは思いません！」
脳天の内側に幾つも幾つもしみだす模様
閉じた窓から吹きさしてくる風がめくる

昼べ

たぬきが
動かなかった

地に顎をつけて

天象

月日を消した　黒板消しを　投げる
垂直に落ちる髪　栗色と　水玉
塑像の手を　手にして
階段の手すりをすべりおりる背中
ひとつひとつ
片方の尻で

古代のべんきょう　二、三、七

弁当を配膳する　天文道の昼休み
遠い水辺で出会った　惑う星と星
帰らないと　帰れなくなる
幾億光年　恒河沙《ごうがしゃ》　阿僧祇《あそうぎ》　那由他《なゆた》
軌道をはずれ　はぐれたとしても
ずっと　まわり続けていようと

一言あたりの　感情密度
「薄ッ」
「濃い」
密度流は　密度の大きい方から小さい方へと
それに乗って　二人は　清浄虚空へ行こうと決めた
朝ごとに　交換する　茶と青の横書き
交差し　縺れ　ちぎれ　平行　不明

行く末は　沙《しゃ》　微《び》　糸《し》　不可思議《ふかしぎ》
べつべつの地で親になりやがて先祖になる
その先で
通りがかりに　耳にした　風
「正論は逆言葉《さかことば》」
傍らに　打ち捨てられた　かばん
雨に濡れて　流れ出したはらわたを　掻き集めて　しまい
〈ご自由にお持ちください〉
そう書かれても　貼られても　なお　持ち去られない
「残った　残った　残った、はっけよい　はっきょい！」
地上の取組はつぎつぎに行われている
心の底がどこにあるのか　まだわからない　互いに
揺らぎはかれない傾きと切片を抱えて
二点は雨の座標をさまよう

「よその星からきました　なかよくしてください」
見合い　それで　なかよく　した
想うほど　逸れてゆく
点滅する　同じ星にしばし暮らして
〈言葉を　減らそう！〉
目標を掲げ　ゆえに
増えゆく思い

「会いたい」

薄の穂をやさしく撫で
厳しく点検しながら
なるべく早く帰る

もらった眼鏡をはずして
重たいかばんを道に捨てて

座標上の二点の距離
いまだ公式や定理では導き出せない
天から落ちて　地の手前でとどまり
無数の雨粒があとから追い越してゆくその下で
二つきりの雨粒はにじんでつながり
いびつなしみとなって背景に溶ける
〈この値をどう求めれば〉
天と地のあいだで宙づりになった問い
〈ぼくらは絶対値ではないから〉
日直が今日もすらすらとそれを消してゆく

〈あらがえないことには逆言葉でのり切ろう〉
真っ白になった黒板消しに白墨で書いた言葉を投げる
会えなくなるはずはないよ

しろつめ草

家に帰りたい
と
学寮十三号室のEが真夜中にしのび泣く
午前二時半に廊下を人形が見まわりする
懐中電灯の光と
薄いレースに沁みてカーテンを揺らす子守歌

二時間目の授業がない日に
九年目が裏庭の野鳥の巣をのぞきにいく

子のいない子が書き遺したなぐり書きの楽譜と
プール脇の木造の更衣室小屋の戸板の腐れのそばで息をする

セメントでかためた壁に埋められているという古人のうわさ
さわぎ声も見えない三階の連絡通路に散り消え
軽石と粘土とおおばこの根が残るボイラー室跡の湿った土中の卵塊に吸われる

「狼に飲ませる薬はない」
夕食後の祈りの時間の講話のあとの移動時
黙って三つ編みをほどいて髪を洗う支度をする上級生
部屋へ先にかえった子は眼鏡をはずし

明日のこと今日のことを思うと今すぐここからいなくなりたくなる
引き出しの奥のノートの下にしまった茶色の小壜の錠剤がたてるかすかな音
禁止された日記
自分がいることを誰にも言えない

「パルヒャー!」

大声で叫び
反省部屋に入れられることを望み自ら願い出る
三百日が止めようもなく減っていく

薄暗い相部屋では一人泣くこともできない
暗い部屋に三人でいても誰もが一人一人
朝はどのようにしてかやってくる

どんな日でも
放課後までを過ごし　食堂で夕食を摂ることができたころには
また夜を迎えたことにはできる

黒板の文字が次第に見えなくなる
書いている人にも　よく見えてはいない
教壇に立ち板書するペンシルスカートの臀部が教卓に隠れる
誰も見ていない教室後方の黒板に予定を書き込む羽のついた後ろ姿が
手洗い場の鏡に映っている

どこから見ても見られても正面をさらさない
試験中に毒草を何度も床に撒く子は今日はいない

四人部屋と二人部屋と個室の違いは

それをこえてさらなる違いと記憶を育ててゆく
「山の上で合宿して合奏した経験はゆたかな実りをもたらすでしょうか」
みなが同じ髪型と服装をしても誰もほかの誰にもなることはできない
間違えようもなく間違われようもないひとりひとりが
違う長さと太さと捩れの三つ編みを肩や背で揺らしながら山をのぼり尾根を伝うとき
出払った学び舎の隅で柱にもたれかかった影は流れ去って誰にも見つからない

二十一号室の寝台C—Eは空いたまま
Aが撤去されたBで一人が寝起きする
臍をおさえ
夜まわりする人形が通り過ぎたあとにも目をあけている
天井にうごめく白い線のかたまりが訴えるものを読み取って
空席の増えてゆく食堂にはまぶしい朝日が満ちてあふれる

「今日もすばらしい一日を過ごしましょう」
一斉に朝の誓いを唱え
また数多の犠牲と恵みなしにはひとときも生きられない時間をはじめる

ゲレンデ

父は第一リフトの行列に並んでいる
左腕に　回数券のバンドをつけて
娘はふもとの坂で赤いそりを引いて上がる
それに乗って　一人滑る
二人はそれぞれに
熱中する

サイレンが鳴った
父は　直滑降　斜滑降　でふもとにおりる
心あたりの場所に　赤いそりの娘をさがす
「昼だ」

三角屋根の山荘のそばで
父は　スキー板をはずし
かたわらに積もる雪に　ストックとともに突き立てた
娘のそりも　そこに立てかける
幾つもの足とタイヤで踏み固められた　泥まじりの雪の上に
父と娘は　それぞれの靴跡を重ねていく

天井の高い食堂

熱気と湯気と外気とがまざりあい
目の前と窓は白くくもる
混み合ったテーブルに　父は二人分の席を見つけた
「ここで待っとれよ。の」
娘を椅子に座らせ
自分は立ったまま　手袋と帽子を脱ぎ　首にかかったゴーグルをはずした
「何が食べたいか」
壁に貼られた品書きを　父と娘はしばし眺める

食券を買いに席をはなれた父を待つあいだ
娘は手袋の甲に描かれた絵を見つめ　それからまわりを見渡した
隣の席はひとつ空き　はす向かいに　一人
かき込むようにしてチャーハンと餃子を食べている人がいた
その黒い髪には脱いだ帽子の跡がつき　蒸れてくせ毛がうねっている

娘は足をぶらつかせた
父は厨房のそばで盆を持って列に並んでいる
床は大勢の客の靴が少しずつ持ち込んだ雪に光っていた
青い小さい長靴を履いた子が　娘の脇をたどたどしく通り過ぎ
滑って前へたおれた
一拍おいて　大きな声をあげて泣きだしたところを
後ろからさっと抱き上げられ　出口のほうへ連れていかれた
「そうちゃんは小さすぎるけえ、まだこられん」
娘は弟がいま家で泣いているような気がした

父がラーメンを盆に載せて運んできた
「熱いけえの。用心して食べんさい」
娘は足を揃え　手を合わせた
スープに浮かんだ油のたまを　ふたつ並べ

互いを隔てる膜を箸の先で突いて割り
それらをひとつのたまにした
そこへさらにべつのひとつふたつをくっつけて
だんだん大きな油のたまにしていった

食堂を出る前
娘は売店で箱入りの菓子を買ってもらった
それをお客にしてそりに乗せ
昼前と同じ場所へ戻った
父はふたたびリフトに並んだ

のぼっては滑り
のぼっては滑りおりる　を繰り返し
無数の軌跡が描かれ幾重にも交差するゲレンデの一角で

娘が一人　坂の途中で振り返ると　そりにお客の姿がなかった
それをさがして坂をおりていく娘の足跡とそりの跡は
降りはじめた雪が隠した
父はいずれふもとにおりてきて
心あたりの場所に　赤いそりの娘をさがす
帰りには車にガソリンをつぐ

フェレット

シルバーグレーの車の後部座席に
橙色の細い柵のケージがのせられる

その脇に　ボストンバッグ
トランクには　紺色のスーツケース
黒いゴム長靴　　軍手　　ロープ
シャベル

庭に敷き詰められた砕石を
女はハイヒールを履いた足で用心深く踏み　助手席に乗り込む
男は革靴で運転席に乗り込んで　エンジンをかける
後部座席のケージのなかで　細長い生きものが　落ち着きなく動きまわる
タイヤがばりばりと砕石を踏む音を立てて車は庭を出て行く
どんよりした空
まっすぐな道が
次第に曲がりくねっていく

養鱒場の案内板
温泉　そば処　ゴルフ場
幾つもの看板を目にしては通り過ぎ
やがて車道を逸れて　細い私道の坂を上がる

玉砂利の敷かれた一角に車を停め
大丈夫よ　いい子にしててね……
女は後部座席を振り返って言い諭し
男とともに車を降りて　続けざまにそれぞれの扉を閉める
葉を落とした庭木や　花壇に寄せ植えされたビオラやガーデンシクラメンを
足を止めずに視界に入れながら
濃い飴色をした外観の洋館へと入っていく

　　　　ピモレラ
　　　　　ピ　モレッ　ラ……

レンタカーに　ケージごとひとり残されたフェレットの声は
車外の誰にもきこえない

〈Confusion 〜コンフュージョン〜〉

壁に刻まれた白い文字
女がずっと行きたがっていた
古い洋館を改装した　瀟洒な店で
特製ババロアを　濃い珈琲とともに食べ終えると
二人はふたたび玉砂利を踏んで車へ戻り
その先へ向かって走り出した

全身をかけめぐる血の行方と軌跡を
目的の揮発した手段と動機で辿る道のり
エンジンが繰り返すサイクルは　ガソリンとタイヤにかかる
女は助手席で
バッグから椿油の入った小瓶を取り出し　目をほそめて　曇り空の光に透かして眺める
つい先ほどまで　店の棚で陰に隠れていたものを

夜
女は宿で　風呂上がりの洗い髪に　それをわずかにすり込んだ
ゆるいパーマのかかった髪裾が　顎のあたりに触れるのを耳にかけて
男の横で
ゆっくりと枕に頭をあずけた

灯を消して
縺れ
翌朝
十三本の毛髪を枕とシーツに残して
男だけが姿を消していた

関係者らがあわただしく行き来する客室の

障子を開け放った縁に続く敷居のそばで
紫の風呂敷に覆われたケージが
捜査員の一人によって持ち上げられたとき
斜めに傾いだそのなかで　たえずしきりに動きまわるフェレットが
足をすべらせ　キュッ　と鳴いた

その声をきいた気がして　女は目をあけた
あたりは真っ暗で
今が何時かわからなかった

手をのばし　隣を確かめようとすると
道行きはなおも続いていた
走行中の車のハンドルに男が手の甲を当て　女は助手席に座って

フロントガラスの前後にのびる　間違った道を　正しい道まで戻ろうとして
手元の地図を何度もぐるぐるまわしていた
途中
片側が崖になった道の両脇で
折れ散った枯れ枝を集める人や　何かに備えて土嚢を積み上げる人たちの姿を見て過ぎた
後部座席にフェレットのケージがのってないことには　まだ気づいていなかった

道がひらけて
雲の切れ間から光の梯子が幾条も降りてきて海へかかった
誰のためのものだろうと見ているうちに
またカーブが多くなってきて
山に遮られて見えなくなった

音信

岬に立つ小屋の窓辺で
手紙を読んでいる
どくだみの根が繁る軒下
雨まじりの強い風が窓をたたく

——さんが遊びにきてくれたとき
火美山へ案内しましたね
山頂までケーブルカーでのぼり

火口湖をめぐる遊覧船に一緒に乗りました
ほとりの茶屋で　クリームソーダをたのみ
パンケーキを食べて　お土産を買いました
大きな硝子窓から　お店に差し込んでくる光が　まぶしくて　みずみずしくて
――さんは　とても楽しそうにして　よろこんでくれました
ありがとう　懐かしい

そんなことが
まるで本当にあったかのようです

あなたが無事で
健康でいてくださることを　願っています

その文字と文体が　彼女の声

手紙をたたんで　封筒に戻す
小さな雨粒のかかる窓の外へ目を遣る
岬の崖を見張る古い木小屋
薄い窓硝子が
吹きつける小雨まじりの風に　今にも割れそうにびしびしと震えて鳴る
草がぽつりぽつりと生えては風に毟られちぎれ飛ぶ断崖までの足跡のついた道
今日はまだ目に見える者は見えない
あらわれたら　すぐに
ここを飛び出して行かなくてはならない

風に吹き飛ばされそうな小屋で
見張りを続けながら
木琴をたたく
曲名「外国の海辺で煮魚のスープを食べています」「安楽の園」「夢のしたたり」「真冬の祈

り」「アンゴラ兎の勉強部屋から」……
まだ見えない
何事もなく過ぎるよう目を凝らす

〈自分のヒストリーが
用水路を流れていくブリキ缶に入っている
食器や菜っ葉を洗いにきた女が　拾い上げて
家に持ち帰り　蓋を開けたときには
霧散する　缶の底に　錆を残して
（パンドラ　パンドラ　ドラドラドラドー）

彼女は
プールへ行った息子を迎えに行くはずだった
少し遅れて

着いたときには
息子は生まれる前だった

そんなことも　手紙には　書いてあった
ときおり　こうして
風や波に乗って届く
どこからか　あてどもなくさすらう便りが

夜毎　海の底から　磯へ上がってくる男
明け方の　一番冷え込む時間に　裸足で潮を汲みにくる娘
今は　身体で道を辿って帰ってゆくことのできない無数の魂
息をつめ
身をひそめて
歌もうたわず

青ざめた顔をして　さまよっている
崖の上で見かけたらすぐに駆け寄っていく
「お手紙が届いています!!」
「あなた宛ではないですか??」
幾通もの手紙を差し出す
声は風に吹き飛ばされる

叢草通信

木枯らしの吹く
川べりの道をゆき
橋のたもとにさしかかる

親柱に刻まれた文字
覆っていた蔦は落葉し
〈迷子橋〉
惑い伝う茎にとどまる葉柄の先

風にかすれ

いつもそこにあるものを見ていなかった
いつもそれを目にしていたのに

途切れた心の切り口　吹きさらされ
実線で結ばれない向こう岸へ
渡る

公会堂　別館。
喫茶〈何時迄草《いつまでぐさ》〉の
傷ついて白くくもる硝子張りの角を曲がり
澄んだ分厚い扉を拳で押して　中へ入る
靴音が跳ね返って天井から背後に落ちる正面玄関

窓口は今日も無人

いつもそこにいたひとを思い出せない
いつもそこにひとがいたのに

屋上まで続く階段
四階　F室
「メルヘン講座」第六回　予定されたままの教室を過ぎ
二つ奥の
旧事務室の扉を開ける

「叢草《むらくさ》通信」委員会議
まだほかには誰も集まってこないうちに準備をはじめる
壁の補修跡を隠すように張られたポスターのはがし跡

それを覆っていた幾枚ものチラシの日焼け跡や作りつけの棚の釘跡
それらがおびただしく積もり広がり
今は　そのまま

迷子の減った町
ここで
数十年過ごした
戻れず
なおも行く先をたずね続ける委員による定期通信
〈……に国際基準は未だ定められてはおらず、名称も統一化が図られないまま、年内の会議は終了。課題は翌年以降に持ち越される見通しにより……〉

どこからか　しずかに流れてくる音声
姿なく　扉も開けず　人気のないこの館の一室へと入り込み

耳と耳のあいだを通過して
廊下伝いに
施錠されたままのF室　空室のE室・H室を渡り
正面玄関から
次に入ってきた誰かとすれ違って外へ出て行く

いつもきこえていたものを
いつもきいてはいなかった

後悔は
川べりを吹き過ぎる木枯らしに巻き込まれ
薄まりながら　もっと先へと進んで散り散りになってゆく
欄干にからまる蔦をはなれた葉はすでに水に落ちて流れ去ったか
その行方を追って

川面へ目を遣り
委員がやがて橋を渡ってくる
会議に出席するために
かつて自らが大切に養われていたことを示す
古い迷子札を荷の底にひそめて

冬夜行

月のぼり
奥山で　ひとり目ざめ
泥の寝床を出で
いつものみち　辿る

水を　飲み
沢　駆けあがり
今は　棲む人のいない家の　まわり

残さず　掘り返す
食べるもの　さがして

土　根　石　虫
夢中で　選《え》り　食《は》む
その背に　星影こぼれ
庭に立つ木木は
黙って夜風にふれている
むかし　ここで
餅を搗き
まるめ
にぎやかだった
年の瀬
今は　しずまり

冬芽が　萌す
文字も　映像も　ない
霜夜
暗闇に　目凝らし
手探りで　すすむ
明けるまで

汽車

始発前の
無人の駅
窓も　扉もある　待合室に
しずかな花が　二輪
朝もやのかかる山頂を
あおぐ

汽車はまだ

遠くにある
やがて
山と川を
縫ってくる
空に汽笛を響かせて

お弁当を
作るために起きてくる母
身を切る水が
その手を清める

暗い　曇天を
雲が走る
夜明けに向かって

きこえてくる
引き絞るような
太い　叫び

眠っている子は起き出す
一両の列車が
鉄橋を渡ってくる

松風

松葉から雪の雫が滴る
今朝方の雨を吸い
風に揺らぎ
ときに自らそれを振るい落として

雪兎の目は赤く
双つの耳は　常磐《ときわ》に光る
熱く冷えたる　そのからだは

昼過ぎて
ぬくもり　盆に融けてゆくのか

晴れの日も
雪嵐の日も
松風響き
うらさびしくも
めでたくも
人を揺さぶり
その身に沁まずや

去年今年
雪解けの水　あたたかなるを
まつの声

澄み透らせて
山伝い　浦伝いにや
人に伝えよ
松の齢とともに祈るを

墓参

春
墓参りにきた親子の
足元近くでのど袋ふるわせる蛙

子は見つけ
指さしのばす
陽を陰でしずかに浴びる蛙は
ぺ

と　指を子にのせやる

花を分け供え
線香を上げる
藤のつるは伸び
つぼみは間もなくひらく支度を
蛙は子の手の甲から手首へと
陽を浴びながら
のどをふるわす

蛙の向こうに
親
子の目に
親の　親と　その親たちの

やがて
手から跳びおり
地で腹を打つ
子がまた手指をさしのばし
蛙はふたたびそこへのぼった

親愛

山の奥の　庭のすみに佇む
糸杉と　電柱
糸杉は　電柱に親しむ
家の壁に背をもたせかけて
氷菓子を食べる　子
糸杉は　電柱だけを相手とし　頼りとして
腕をのばして巻きつける
やまゆりは屋根に届かんとする

背の高い人の
子が橙の服を着て
まだ壁際に立っている

真夏の園

真夏の
真昼の動物園

アライグマの　檻の　奥に
一匹　横たわる　けもの
手前に　コッペパンがひとつ　ころがる
目を凝らす
奥のもの　動かない

ヤギ
生まれて間もない
名前が　ついた
こちらを見る

鹿
二匹
こちらを見る　見つめる

猿　檻に群れ
やがて　ホースで水しぶきを浴びせられる
静まり返った　炎天の　蔭

父と二人の娘
車に　乗る

ぱえら

毛皮にされた狼
一人のピエロが
それ　着て
明け方のアパートに帰ってくる
てん、たん、たん、てん、
錆びついた階段をのぼり　手摺をする音　して
アパートの部屋の　カナリア　が
ぴっ

て　鳴いた

文法と　単語の　勉強
例文　寸劇《スキット》　おさらい
挨拶　毎日　して
週末は　休み
さびしい　　待ち遠しい
机に向かう
隣の部屋の　女
ぴえろ　知らない

毛皮　着た　ピエロ
ぴえろ　と名乗る　道化師
狼の皮を被った　一匹ぴえろ

技の練習　研究　おさらい
さっと（ぴえろっと）　ひととおり　して（ぴえろって）から　　寝る
つもりだった
そこへ
鹿の皮を被った　ともだち　が　やってきた

　今から寝よう思うとった
　今から寝よう思うとった？

隣の女は　毎朝早起きして　語学の勉強
狼の毛皮を着た　ぴえろに　会ったことは　ない
姿も　技も　胸のうちも
見たこと　ない　　見ようとしたこと　も
ぴえろを　知らない

でも　今
隣に誰かが　何かが　いる　のは　感じている
鹿の皮のともだちは　女を　見たことが　あった
しかし　今
ともだちの部屋の隣にいる　とは　知らない
訪問先の　受付で　むかし一度　挨拶したことが　あった
どちらも
もう　そこへは　行くことが　ない　　もう　行かない

狼の毛皮をぴえろが脱いだ
それは　椅子の背に　掛けられた
狼は　黙っている

狼と　鹿は

生前　会うことはなかった
違う山で　はなれた朝と夜に
息をしていた

隣の部屋のドアが開いた
誰かが階段を降りていく

脈拍

青い　ペンギンが　　まわっている
風が吹く　国道沿い
雑駁な　視野
日が出てきた
赤いクレーン車
　　を載せた車が　通る

なぜ
青いペンギンなのか
赤い　帽子を　かぶっているのか
何者なのか
遠くに　山並み
重なり合う雲
望み
まとまらない　心
　　　　　　思考
車が　停まっている
運転免許を　とりたい
風が少し弱まった

青いペンギンは

紺のブレザーを着て
高校へ通う
バス通
靴は牛革
祖父母が贈ってくれた
紺色の手提げだ
数学を学んでいる
部活は天文部
将棋クラブにも入った
二年生の時は陸上選手
クラスの女子と男子の比率は５：４
おにぎり弁当が好き
購買に買いに行く友人に
つきそう　つき合う

気のいい　男子学生　ペンギン青
青色ペンギン（ペンネーム？）

車間距離は　あいている
曇り空の下
車が　走る
オレンジ色の　乗用車は
ボンネットを　開けられた
今は　閉まっている
いない

七階の　食堂　のテーブル席（六人掛け）で
三人　待っている
窓　外は薄曇り

水門

昼休み
工場脇の　河原におりて
茂原さんと　弁当を食べる
今日は親の

異動になるのだと　打ち明けた

どこへ？

広場に行ったら　噴水を目指して
そこで　包丁を売っているから
彼が　赤いエプロンを　かけて
慣れない　口上で　明るく　たのもしげに
販売に精を出しているから　と

この　生き方が　合わないと
ずっと　悩んでいた　居心地が　わるかった　と
最後の手紙に書いてあった　と
ごぼうを　箸で　つまみながら　言った口に　それを　運んだ
あさってから　秋川工場の　勤務　になる　と
だからこれが
あなたとのここでの最後の　昼休み《おべんとう》　だと

そんなあ…　としか　言えない　言えなかった
（それは　誰の気持ち　だろうか
私のではない
私に気持ちは　今ないから）

ほかに何と言えばよかったか
まだ　出てこない　のだから
仕方がなかった

時が流れ
移り変わっていく
それは必定
でも

こないだの　週末に　出かけた　広場で
大道芸を見た　という話を　茂原さんが　してくれた
彼女にお花を供えに行ったときの
帰りに　スポンジと風船を買って　土産にしたと
フラフープ　って　楽しいけど　難しいね
難しいけど　楽しい、って　言ったほうがいいのかな
六郷土手を散歩したよ
水門が　あって
と言って、べんとうばこにふたをし
つつむと　立ち上がって
手を上げて　別れた

光明

峠に雨
杉林の向こうに
採石場
反対車線の路側帯に
黒白のジャンパーを着たひと

「どうしたん」

すぐには停車できるところがない
もう少し先まで走らせ
待避所で転回して急いで戻る

「どこ?」

いるはずがない
こんなさみしい　寒いところに

雨に煙る杉林の向こう
何の石を採るのか
操業する車の見えない

この道も　何度も乗せてもらってきた

いつも　ただ通過するだけの
降りたことも　止まったこともない
名前があるかどうかさえ知らぬ　路傍

「なんでここにおるん？」

車を止め
待っても返事はない
ここにはいないのだから

「今日は大田へ行った帰り」

谷底は繁みに隠れて見えない
初雪はもう降った

すぐにとけたがまた降るだろう
「寒かろう　帰ろうや」
受け取り手のない声は谷へ流れ
暮れてゆく峠の道を
幾台かの車がライトをともして走り去る
「ほんに日が短うなった」

あれから　しばらく
毎日　青緑色の屋根の建物《火葬場》を対岸に眺めて通り過ぎた
此岸に生える竹林がいつもすぐに遮った

そうやって
朝夕送り迎えをしてもらい
自動車教習所に通い
卒業した

「では　行きましょう」

ミラーと目視
合図を出し
前後左右をよく確認して発車する

真っ暗な長いトンネル
対向車のヘッドライト
阿弥陀如来の後光

――対向車を見たらいけん　寄っていくけえ
　自分の走るべきところを　行けばええんよ

教習所で
そうも教わった

トンネルを出て
またトンネルに入る
出て
細く暗くうねる道

〈ゆずりあいと思いやり〉

無明の闇を照らす光
難所を越えた

「帰りました」

仏壇に手を合わせる
父は今どこにいるのだろう

噴水広場

あなたを見つめる目の奥に虚構がはじまり
翳った茶畑に降り出した雨に涙がまじる
地に沁みて天に昇りやがて盆にかえる水
切った髪はもとの髪に継ぐことはできない

トラックが路端に止まる
広い田の中に伸びる道と十字路を行き交う車たち
並行して通過する高速列車の窓から眺める彼らの進路と車間距離

天竜川を越えて
時速上げ下げせずに突き進む長い列車の座席にて
脳裏に浮かぶのは
広場に到着して噴水を目指す筏
曇った広場に涸れた噴水が今日まではあれど
撤去作業予定表が事務所の掲示板に張られている

瞳の繊維を地図として走り
目的地へ向かおうとするがそれが動きまわり見え隠れする

鎮守の木になり損ねた一対の常緑樹
廃線路のあとに伸びて腐った夏草のむれ
湖のような川で釣り人たちにまじり
一人舟を出し

水光に身を翻す白い帽子の人影
陸からは性別年齢判別不能　人名特定できず
やり場のない　やるせない想いと懸念募らせ
ようやく耳元に流れ着いた
泳いで向こう岸へ渡ったという不確かな情報にすがり
一心にそれを信じ事実であると確信できるようにと切願する

広場中央では　依然　包丁売りが説明を続けている
そばに見物人はまばら
うち何人かが仲間であるかどうかは
推測の域を出ず断定できないからには気づかぬふりで過ごすばかり
新たに加わった通りすがりに足を止めた人たちのうち
観覧車に乗りたい子は親の袖を引きわめいて己《おの》が心の向く先を指し
数分後　数年後にも　中空で泣き出している自分など知らずまた想像することもできない

「仕方がない」「やむを得ぬ」「さりとて」
大人たちはたとえ一部でもうっすらとでも心当たりや予測図が脳裏をかすめでもしたなら
否　そうではあったとしてもそれを注視し警告を正確に受け取り読み取ることなど
できはしないことだった

彼らにとっても
同じかたちをした　色違いの屋根の家家が並ぶ住宅街

乾いた畑にもやがて空が雨を降り注ぐだろう
ビニールハウスのなかで何が育っているのかは不明
しかし
いずれそれらがどこかで広場売りの包丁とめぐり合わないとは限らない

包丁売りが説明を終える前に立ち去った男

白いズボンに汚れが消えないしみとなった
彼方からその背に慈しみの念を送り続ける

包丁売りは通過点を越して　まだ林檎を頬ばっている
幕間には　石のベンチに横になり
喉の奥を鳴らして
見知らぬ地の古びたビルディングの一室にて
人とあい　耳元に逃れようのないものを突きつけられる
そんな　今はまだ現のほうがましな夢　にまた助け起こされて
洗面所へうながされ
片眉が消失していることに気づく

包丁売りは　作業ズボンの右ポケットに小さくまるめた紙切れがまだ入ったままであることに
気づいたが捨てるところがないまま　包丁の切れ味を今も説明している

もう二度と見返すことはない
きく人がなくても　求められず買う人がなく売れなくても
説明をやめることはできない
便利で優れたすばらしいこのよき品を　みなに知らせ　使ってもらうために
そればかりではないはずだが　自他にそれを説明できない

天守閣によい風が吹き渡っていた
雨まじりだが
刃物は古より使われてきた
誇りと畏れと敬意と弁解の気配が入りまじる暮れつ方
武器庫ではなく宝物殿ではなく筆箱でも長持でもなく
台所の流しの下の扉うちか　調理器具置きの一角にでも
使って洗ってすぐまた取り出せるところに収納してください

広場の中央で　他の制服にエプロンを着けた販売員が
折りたたみテーブルの脚を出し
筏に載せて曳いてきた商品や道具類を
丁寧にテーブルの上に並べていく

新しい開店準備
夢のなかの牡蠣

冷えていく帰り道の光景が目を流れる
月見をしている人を集め　福をそれぞれに授けるのではなく各各に吸い取らせ引き出す
広場の真ん中にまだ見ぬ大型バスを停める
地面に斜めに引かれた白線の長方形二つが
二台の駐車位置を示す
過去と未来の

現在
冠雪した連峰が見える
ＪＡ不破通過　連峰を過ぎた
屋根に少し残る雪
道の脇　田畑　野球場にも
鬱蒼とした木木が繁る神社の垣を目でなぞって越したのちには
雪はいつのまにか消えている

広場での振る舞いに間違いはなかったか
電光ニュースは来週は雪との予報を繰り返し
噴水から離れて佇む困難な谷底めぐりの案内板の
修正事項は褪せて読めない
一度抜くか抜けたかした杭のような足元を地に晒し

背後の柵にもたせ掛けられわずかに仰のく
それに並んでひととき空を仰げば
曇天と小雨　道路の向こうは　青空と白雲
ひとつの道が
上りであり　下りとなる

葉に光る雨粒で指先の土を落とし
腕木　肘木　枕木
この世の景色　残らず忘れず持ってゆく
途中で落とさぬよう　銀色の車で行く

あなたがいないということはもうない

変わってしまう

戻ることはできない　とどまることも
たった今抜け出した出口からふたたび入り
くぐってきたばかりの入口から走り出ようとも
二度と同じところには戻れない
同じ道も場所もどこにもない
進んでしまう
行く先の見えぬまま

初出一覧

叢雲　書き下ろし
土偶　書き下ろし
別情　「現代詩手帖」二〇一六年一月号
天象　「現代詩手帖」二〇一七年一月号
しろつめ草　「現代詩手帖」二〇一八年一月号
ゲレンデ　「現代詩手帖」二〇一九年一月号
フェレット　「現代詩手帖」二〇二〇年一月号
音信　「現代詩手帖」二〇二一年一月号
叢草通信　「現代詩手帖」二〇二二年一月号
冬夜行　「読売新聞」二〇二二年十二月二十三日夕刊
汽車　「読売新聞」二〇一七年二月二十四日夕刊
松風　「現代詩手帖」二〇二三年一月号
墓参　書き下ろし
親愛　書き下ろし
真夏の園　書き下ろし
ぱえら　書き下ろし
脈拍　書き下ろし
水門　書き下ろし
光明　「現代詩手帖」二〇二四年一月号
噴水広場　書き下ろし

其処《そこ》

著者
日和聡子《ひわさとこ》

発行者
小田啓之

発行所
株式会社 思潮社
〒一六二―〇八四二　東京都新宿区市谷砂土原町三―十五
電話〇三（五八〇五）七五〇一（営業）
〇三（三二六七）八一四一（編集）

印刷・製本
創栄図書印刷株式会社

発行日
二〇二四年九月二十五日